À Camille

Les éditions la courte échelle inc.
5243, boul. Saint-Laurent
Montréal (Québec)
H2T 1S4

Textes et illustrations de Roger Paré avec la
collaboration de Bertrand Gauthier pour les textes

Conception graphique: Derome design inc.
Révision des textes: Odette Lord

Dépôt légal 3e trimestre 1988
Bibliothèque nationale du Québec

Données de catalogage avant publication (Canada)

Paré, Roger, 1929-

    Plaisirs d'été

    Pour enfants à partir de 2 ans.

    ISBN 2-89021-088-X

    I. Gauthier, Bertrand, 1945-   . II. Titre.

PS8581.A73P53 1989   jC843'.54   C89-096249-9
PS9581.A73P52 1989
PZ23.P37P1 1989

Plaisirs d'été

Textes et illustrations de Roger Paré
avec la collaboration de
Bertrand Gauthier pour les textes

Les éditions la courte échelle inc.
Montréal • Toronto • Paris

Dehors l'été
est arrivé
et c'est le temps
d'aller jouer.

Quand tu me pousses
c'est amusant
ça me donne la frousse
et ça fait du vent.

Bien assis
dans un parc fleuri
on écoute chanter
et on rit.

Dans le ciel
et dans le vent
voyage
mon cerf-volant.

Comme une maison
mon parapluie
me protège
contre la pluie.

Des grosses fraises
dans mon potager
des bonnes fraises
dans mon panier.

Près de chez nous
au mois d'août
deux gros toutous
font les fous.

J'ai une grenouille
comme chapeau
et un beau bateau
pour aller sur l'eau.

La vache ma voisine
veut manger
les tartines
de mon amie Martine.

Dans mon maillot rayé
j'aime bien me baigner
pour tenter d'oublier
la chaleur de l'été.

Achevé d'imprimer sur les presses
des Ateliers des Sourds Montréal (1978) inc.